Ce manga est publié dans son sens
de lecture originale, de droite à gauche.

Ici, vous êtes donc à la fin.

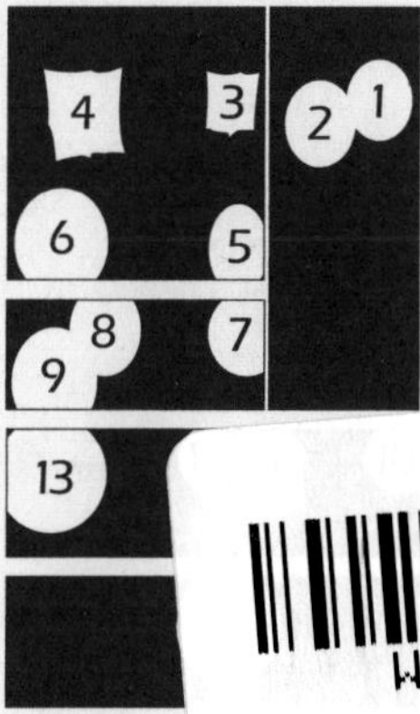

First published in Japan in 2017 by SHUEISHA Inc., Tokyo
French translation rights in France, French-speaking Belgium, Luxembourg, Switzerland and Canada
arranged by SHUEISHA Inc. through VIZ Media Europe S.A.R.L., France

7, avenue P-H Spaak - 1060 Bruxelles

Achevé d'imprimer en juin 2019 • Dépôt légal : juillet 2019
d/2019/0086/193 • ISBN 978-2-5050-7667-4

Traduit et adapté en français par Sophie Lucas
Conception graphique : Nicolas Cardeilhac
Adaptation graphique : Eric Montésinos

Imprimé en Italie par Grafica Veneta Spa,
Via Malcanton 2, 35010 Trebaseleghe (Pd)

2 - REMOUS - FIN

TIME SHADOWS

2

YASUKI TANAKA

BOBOM
BOBOM
PSHHH
PSHHH
PSHHH
PSHHH

USHIO ?
BOM
BOBOM
STAP

SHINPEI !
!!!

QU'EST-CE QUE TU FAIS LÀ, SHINPEI !?
TU ES RENTRÉ !!?
C'EST... C'EST PLUTÔT À MOI DE TE LE DEMANDER...!!
... HEIN ?
!
CE... CE COLLIER...
ELLE PORTE LE COLLIER QUI APPARTENAIT À USHIO... IL N'EN EXISTE POURTANT QU'UN AU MONDE... SALETÉ D'OMBRE !!

USHIO EST MORTE...!!
A... AVANT-HIER...
ON... ON A MÊME CÉLÉBRÉ SES OBSÈQUES !
JE SUIS MORTE...?
TU...
TU N'ES PAS USHIO...
CE N'EST PAS POSSIBLE !!
QUOI !?

QU'EST-CE QUE...
... TU RACONTES ?
JE SUIS POURTANT BIEN EN VIE, NON ?
REGARDE ! JE SUIS LÀ, DEVANT TOI !
QU'EST-CE QU'ELLE RACONTE...? C'EST UNE OMBRE !! IL N'Y A POURTANT AUCUN DOUTE POSSIBLE !!
... TU...
TU NE TE SOUVIENS VRAIMENT PAS...
... DE CE QU'IL T'EST ARRIVÉ !?
HEIN ?

...
TIENS ?
POURQUOI...
... EST-CE QUE JE SUIS ICI ?
!!
JE...
HMPF...
C'EST BIZARRE...

TU NE SAIS PAS...?
TOUT... TOUT CE QU'IL S'EST PASSÉ AVANT QUE TU ARRIVES ICI...
...
LA DOULEUR...
HAA-I-I
LA SEULE CHOSE DONT JE ME SOUVIENS...
... C'EST DE...
... LA DOULEUR...
HAA
!?
J'ÉTAIS DANS... L'EAU...
... ET AUTOUR DE MOI... TOUT S'EST ASSOMBRI...

* SELON UNE CROYANCE POPULAIRE AU JAPON, LES FANTÔMES SONT DÉPOURVUS DE JAMBES.

IL Y A UNE CHOSE SEULEMENT...
... QUI ME REVIENT.
EN DERNIER, J'AI PENSÉ...
... QUE J'AURAIS AIMÉ TE REVOIR UNE DERNIÈRE FOIS.
JE VOULAIS TELLEMENT TE REVOIR, SHINPEI !!
C'EST PEUT-ÊTRE POUR ÇA...
... QUE J'AI PU REVENIR, NON...?
JE SUIS CONTENTE...

CETTE VOIX...
CES GESTES...
IMPOSSIBLE...
QU'EST-CE QUE C'EST QUE CE BORDEL...!!
ON DIRAIT QUE C'EST COMME SI...
... USHIO ÉTAIT VRAIMENT REVENUE.
BOBOM
BOM
DIS, SHINPEI !
JE ME SUIS DIT QUE SI JE POUVAIS TE REVOIR...
BOM
... IL Y A QUELQUE CHOSE QUE JE VOULAIS TE DIRE.
BOBOM
BOM
BOM
!?
HEIN ?

BOM
BOM
BOM
BOM
PSHHH
PSHHH
PSHHH
PSHHH
SHINPEI...
... JE T'AIME !

BOBOM
...
... HE !
BOBOM
QU... QU'EST-CE QU'ELLE VIENT DE DIRE ?
ELLE... ELLE M'AIME !!?
QU'EST-CE QUE ÇA VEUT DIRE !?

TU...
QU... QU'EST-CE QUE TU RACONTES !!?
LA MORT T'A RENDUE DINGO OU QUOI !!?
HAHAHA !
OUI, PEUT-ÊTRE !
JE NE SAIS PAS...
C'EST VRAI QUE JE ME SENS UN PEU CONFUSE...
...!
NE... NE TE FAIS PAS AVOIR !! PRENDS DU RECUL, SHINPEI !
AVANT-HIER...
... NOUS AVONS PLACÉ USHIO DANS UN CERCUEIL.

TOUS LES TROIS...
... ALAIN, MIO ET MOI...
... NOUS AVONS POUSSÉ ENSEMBLE LE BOUTON LANÇANT LA CRÉMATION.
USHIO A ÉTÉ TRANSFORMÉE EN CENDRES.
ELLE N'EXISTE PLUS DANS CE MONDE.
QU'EST-CE QU'ELLE ESPÈRE ACCOMPLIR...
... EN SE FAISANT PASSER POUR USHIO !?

LES OMBRES...
QUE SONT-ELLES VENUES FAIRE ICI !?
BOM
ÇA, MOI AUSSI J'AIMERAIS BIEN LE SAVOIR...
UNE FOIS MORT...
... NORMALEMENT ON SE RETROUVE AUPRÈS DE DIEU, NON ?
QUE... QUEL EST VOTRE BUT !!?
PSHHH
PSHHH
QU'EST-CE QUE VOUS ÊTES VENUS FAIRE !?
PSHHH
PSHHH
?
...
QU'EST-CE QU'ON EST...
... VENUS FAIRE...?
BOBOM

BOM
... SHINPEI...
CE FEU D'ARTIFICE...
NE ME DIS PAS QU'ON EST LE 24, AUJOURD'HUI !!?
BOM
EUH... SI...
C'EST PAS VRAI !!
ÇA VA PAS DU TOUT !!!
BOM
IL Y A QUELQUE CHOSE QUE JE VOULAIS FAIRE !!!
HE !
JE VOULAIS ALLER AU FESTIVAL AVEC TOI, SHINPEI !!

HA !?
DASH
HE... ATTENDS !!
SHINPEI ! DÉPÊCHE-TOI !!
BOM
...
ELLE NE PENSE PAS QU'ELLE EST UNE OMBRE...
ELLE EST PERSUADÉE...
... QU'ELLE EST BEL ET BIEN LA VRAIE USHIO !?
BROUHAHA
MMH?
MMH?
BROUHAHA
MMH?
BEURRE
BROUHAHA
!!
BROUHAHA

AH !
BROUHAHA
BROUHAHA
SHINPEI ! J'AI ENVIE DE FAIRE ÇA !
BROUHAHA
AU FAIT...
QU'EST-CE QU'ELLE FOUT EN MAILLOT DE BAIN !!?
T'ES COMPLÈTEMENT INCONSCIENTE OU QUOI !!? ON TE REMARQUE BEAUCOUP TROP !!
!
TAP

ÇA SENT SUPER BON !
JE VEUX MANGER DES TAKOYAKIS !
C'EST PAS LE MOMENT !!!
QU'EST-CE QU'ON FAIT SI QUELQU'UN TE RECONNAÎT !?
COMMENT VEUX-TU QU'ON EXPLIQUE TA PRÉSENCE ?
SHLACK

APPROCHEZ, APPROCHEZ, APPROCHEEEEZ !!
BROUHAHA ガヤ
BROUHAHA ガヤ
TAKOYAKIS
Takoyakis 6 p. 300 yens
FONDATEUR
BROUHAHA BROUHAHA ガヤガヤ
HAHAHA ワイ
HAHAHA ワイ
iLS SONT PAS CHERS, iLS SONT BEAUX, MES TAKOYAKiiiS !!
HAHA ワイ
HAHAHA ワイ
HAHAHA ワイ
...
BROUHAHA ガヤ
LA BOUTIQUE DU CURRY ROSE
curry shop ROSE
BROUHAHA ガヤ
BROUHAHA ガヤ

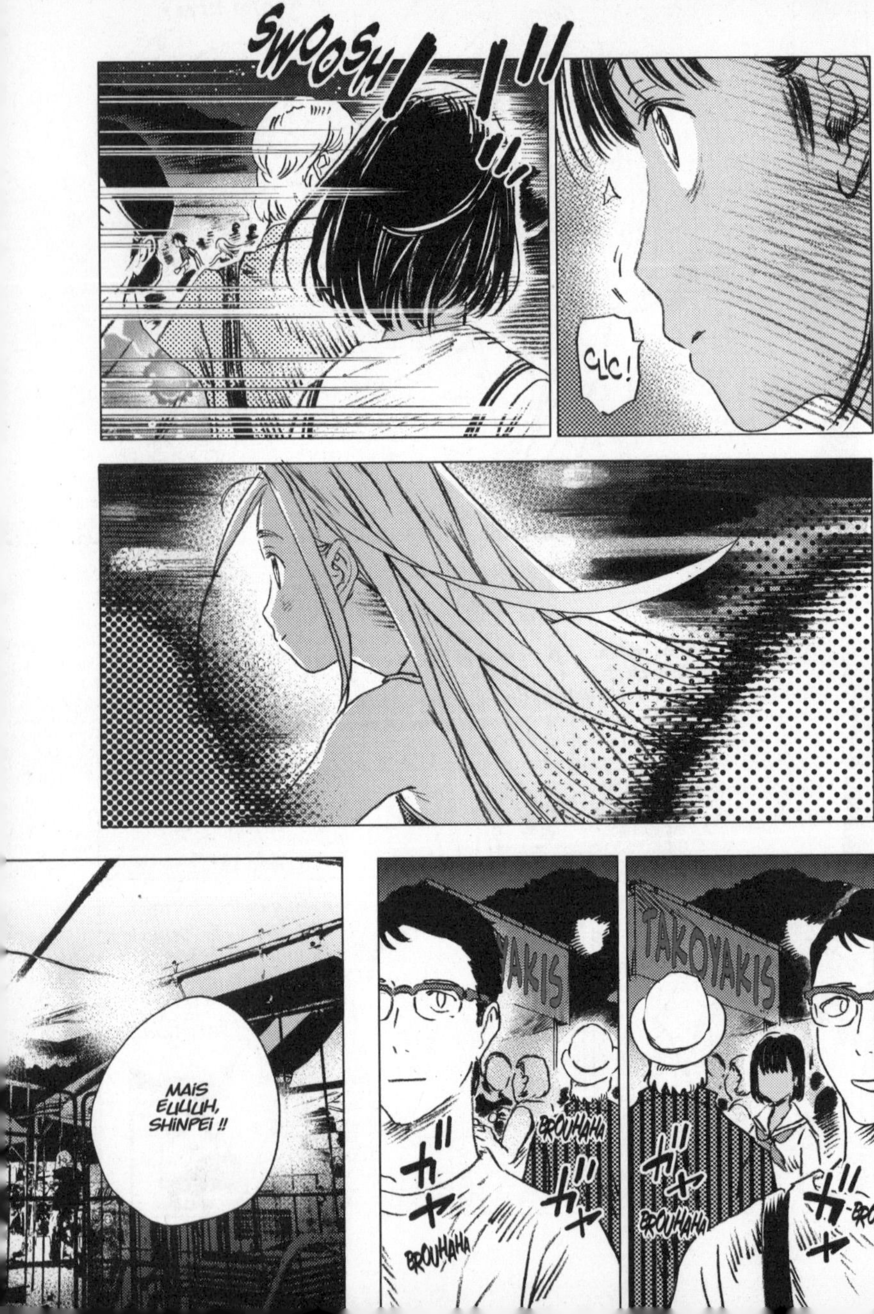
CLIC !
SWOOSH !!!
TAKOYAKIS
BROUHAHA
ガヤ
BROUHAHA
BROUHAHA
MAIS EUUUH, SHINPEI !!

Rental KITAI
POURQUOI EST-CE QUE JE DEVRAIS ME CACHER ICI ?
J'AI FAIM...
ET MIO ET LES AUTRES SONT LÀ AUSSI, NON ?
HMMPF
J'AI ENVIE DE LES VOIR...
C'EST PAS POSSIBLE !
C'EST HORS DE QUESTION !!
DIS DONC... TU POURRAIS ESSAYER DE MIEUX RÉFLÉCHIR À LA SITUATION...!!
ÉCOUTE BIEN ! TU ES CENSÉE ÊTRE MORTE !
ON A CÉLÉBRÉ TES FUNÉRAILLES AVANT-HIER !!
MAIS...
IL N'Y A PAS DE MAIS !

TU ES UNE OMBRE...
... OU UN FANTÔME, OU JE NE SAIS QUOI...
EN TOUT CAS, TOUT LE MONDE PEUT TE VOIR !!
ET PUIS TU AS UN CORPS !
MAIS QU'EST-CE QUE TU ES, À LA FIN !!?
EN D'AUTRES TERMES... JE N'AI PAS LE DROIT D'ALLER VOIR LES AUTRES ?
C'EST ÉVIDENT, ENFIN !!
QUOI... QUOI QU'IL EN SOIT, TU RESTES CACHÉE ICI JUSQU'À LA FIN DU FESTIVAL.
SBAF
SHINPEI, ESPÈCE DE CRÉTIN !!!
TU N'ARRÊTES PAS DE PARLER POUR NE RIEN DIRE !!
JE DEVRAIS TE COUDRE LA BOUCHE !!!
CETTE HABI-TUDE...
... DE COGNER AVANT DE PARLER...

J'AI ESSAYÉ DE DISCUTER AVEC L'OMBRE D'USHIO.
LE FAIT QUE J'AVAIS QUITTÉ L'ÎLE DEPUIS DEUX ANS...
... DE MÊME QUE NOS SOUVENIRS EN COMMUN...
... C'EST VRAIMENT...
... USHIO TOUT CRACHÉ...

* CENTRE COMMERCIAL SITUÉ DANS LE QUARTIER DE MATSUE, DANS LA VILLE DE WAKAYAMA.

ELLE NE ME SEMBLE PAS JOUER LA COMÉDIE.
CETTE EXPRESSION...
ELLE NE SAIT VRAIMENT RIEN.
... NON, RIEN.
OUBLIE, CE N'EST RIEN...
BRRRR BRRRR.
!
BRRRR
UN APPEL ?
OUI...
C'EST MIO...
BRRRR
BRRRR
SLAP
AH !!!
DONNE !!
ARRÊTE !
ALLÔ, MIO !!?

...
QUOI !?
IDIOTE !
BAF
USHIO...?

OUI ALLÔ !
C'EST MOI !
MI... MIO !?
C'EST MOI, TU M'ENTENDS !?
...!
À L'INSTANT... J'AI EU L'IMPRESSION D'ENTENDRE USHIO...
MAIS NON, QU'EST-CE QUE TU RACONTES !? TU... TU ES SÛRE QUE ÇA VA ?
... AH...
TU AS SANS DOUTE RAISON...
?
PARDON... JE NE SUIS PAS DANS MON ÉTAT NORMAL...
OÙ ES-TU, SHIN ?
ON EST DANS L'ENCEINTE DU SANCTUAIRE...
LE FEU D'ARTIFICE EST DÉJÀ TERMINÉ...
OUI.
LA CÉRÉMONIE DU RETOUR EST EN TRAIN DE COMMENCER.

JE NE SUIS PAS LOIN...
OUI... O.K., COMPRIS.
...
J'ARRIVE TOUT DE SUITE...
ALORS !?
GNIIII...!
TOI...
ÉCOUTE BIEN !!
... TU RESTES PLANQUÉE !!!
BA
MAIS !
ATT...!
JE REVIENS TE CHERCHER APRÈS !!
HMPF
TU N'ES PEUT-ÊTRE PAS AU COURANT...
... MAIS IL SE PASSE DES CHOSES TRÈS GRAVES !!

C'EST BIEN TOI QUI ME L'AS DIT, POURTANT...
... DE PRENDRE SOIN DE MIO !!
!?
LA SEULE CHOSE QUE JE VEUX ÉVITER...
... C'EST D'AVOIR D'AUTRES CHOSES À REGRETTER.
...
JE NE COMPRENDS RIEN À RIEN...
JE N'AI JAMAIS...
... DIT ÇA, JE TE SIGNALE...!!
AH !

TU ES ENFIN LÀ, SHIN !!
HAA !
HAA !
HAA !
TU EN AS MIS, DU TEMPS... ON S'INQUIÉTAIT !
MONTAGNE !
PARDON, TOUT D'UN COUP...
HAA HAA
... J'AI EU SUPER MAL AU VENTRE...
CI... CIVILISATION MÉSOPOTAMIENNE !
J'AVAIS RAISON, C'ÉTAIT BIEN UNE ENVIE DE CHIER !!
C'EST QUOI, CETTE POSE RIDICULE ?
... HA HA !
HAHA HA...

FRRÔÔÔ
SUR L'ÎLE DE HITOGA-SHIMA...
... IL Y A UNE CROYANCE SELON LAQUELLE LES OBJETS QUI S'ÉCHOUENT SUR LE RIVAGE SONT HABITÉS PAR UNE DIVINITÉ.
IL S'AGIT DE HIRUKO NO MIKOTO.
SUR L'ÎLE, ON L'APPELLE HIRUKO-SAMA. C'EST LA DIVINITÉ DES PÊCHEURS.

C'EST POURQUOI ON COLLECTE LES OBJETS QUI ATTEIGNENT LE RIVAGE, SANS LES JETER.
UNE CÉRÉMONIE DE "RETOUR" A LIEU EN ÉTÉ ET EN HIVER, AU COURS DE LAQUELLE LES OBJETS SONT BRÛLÉS, POUR QUE HIRUKO-SAMA PUISSE S'EN RETOURNER...
COMME IL FALLAIT S'Y ATTENDRE, BEAUCOUP DE PERSONNES SE SONT RASSEMBLÉES.
NOUS SOMMES ACTUELLEMENT UNE CENTAINE DANS L'ENCEINTE.
FRRRR
...
FRRR
ÇA FAISAIT UN BOUT DE TEMPS...
... QUE NOUS N'AVIONS PAS PARTICIPÉ À CETTE CÉRÉMONIE ENSEMBLE.
!
C'EST VRAI...

AH !
USHIO AUSSI EST EN TRAIN DE REGARDER !!!!!
QUOI !!?
DEPUIS LE PARADIS...
AH !
DANS CE SENS-LÀ...
OUI.
...
C'EST ASSEZ INCROYABLE QU'USHIO AIT PERDU TOUS SES SOUVENIRS SUR LES OMBRES...
SI ELLE POUVAIT SE REMÉMORER CE QU'ELLE A OUBLIÉ...
... CELA NOUS AIDERAIT BIEN, POURTANT...
BROUHAHA
BROUHAHA
TU ES PERDU DANS TES PENSÉES ?
HA !

BROUHAHA BROUHAHA
BROUHAHA
TOKiKO...
TOUT VA BiEN ?
OUi... TiENS ?
OÙ SONT PASSÉS MiO ET SÔ !?
iLS SONT LÀ-BAS, TOUS LES DEUX.
!
BROUHAHA
BROUHAHA
JE ME DEMANDE Si NOUS AVONS BiEN FAiT DE VENiR AU FESTiVAL...
... ALORS QU'USHiO ViENT DE NOUS QUiTTER...
VRAiMENT...
... J'AURAiS AiMÉ QU'ELLE SOiT iCi AVEC NOUS.
OUi...
HMM...?

ET DONC ?
!!
SÔ...
DE QUOI VOULAIS-TU ME PARLER ?
APPAREMMENT, MON FRÈRE A L'INTENTION DE DÉCLARER SES SENTIMENTS À MIO AUJOURD'HUI.
HE !!!
DIS-MOI, IL A BIEN ÉTÉ REJETÉ PAR MIO DEUX FOIS DÉJÀ, NON ?
OUI... SELON SON RAISONNEMENT, LA TROISIÈME DEVRAIT ÊTRE LA BONNE...
NON... NON MAIS, IL EST SÉRIEUX !?
GNN...

C'EST LE CÔTE IRRATIONNEL DE MON FRÈRE.
MAIS C'EST VRAI QUE, PARFOIS, IL ARRIVE DES CHOSES INEXPLICABLES...
OUI.
AH ? POURQUOI ?
MAIS IL N'A AUCUNE CHANCE.
PARCE QUE...
... MIO...

... EST DÉJÀ AMOUREUSE...
... DE QUELQU'UN D'AUTRE.
!
AH BON !?
C'EST QUI ?
HIII !
CE N'EST PAS À MOI...
... DE TE LE DIRE...!!
SHINPEI !!!

!
ECOUTE BIEN !!
TOI AUSSI, TOKIKO !!
E...
EUH...
MIO-CHAN !
NON, MIO !!
LE MOMENT EST PEUT-ÊTRE MAL CHOISI POUR DIRE CE GENRE DE CHOSES...
MAIS...
... C'EST JUSTEMENT À CAUSE DE TOUT CE QUI ARRIVE QUE JE VEUX TE LE DIRE MAINTENANT.

MES SENTIMENTS N'ONT PAS CHANGÉ, MIO, JE SUIS AMOUREUX DE TOI !
BA
D...
DONC...
MIO, S'IL TE PLAIT...

... LAISSE-MOI PRENDRE SOIN DE TOI !
OHHH...
I... IL L'A DIT...

HE ! SÔ, ATTENDS UN PEU...
QU'EST-CE QUE TU...
TOUT... TOUT LE MONDE EST EN TRAIN DE NOUS ÉCOUTER !!?
HEEE !!?
JE NE SAIS PAS CE QUE TU ME TROUVES...
TES SENTIMENTS POUR MOI...
... ME FONT VRAIMENT PLAISIR.
MAIS JE SUIS DÉSOLÉE.
SÔ, J'AIMERAIS...
... QUE NOUS RESTIONS DE BONS AMIS !

AAHA...
QUEL BEAU SPEC-TACLE !!!
C'EST PAS FAUTE DE L'AVOIR PRÉVENU...
...
MMH !?!?

TAP
TAP
TAP
TAP
HÉ, SÔ !!!
!!!?
PAS GRAVE !
KYA
OUAH !
JE LUI AI POURTANT BIEN DIT...
... DE RESTER CACHÉE ?

Brouhaha
ガヤ
Brouhaha
ガヤ
Brouhaha
ガヤ
HE...
Brouhaha
ガヤ
Brouhaha
ガヤ
QUELLE IDIOTE !!!
HITOGASHIMA FESTIVAL
HITOGASHIMA FESTIVAL
HITO
Brouhaha
ガヤ
Brouhaha
ガヤ
Brouhaha
ガヤ
Brouhaha
ガヤ
ガヤ
Brouhaha

Brouhaha
Brouhaha
Brouhaha
Brouhaha
Brouhaha
CE...
CES BEAUX CHEVEUX...
CETTE...
...
CETTE VOIX...

USHIO !!!?
HEIN ?
TOGASHIMA FESTIVAL
HE... QU...
QU...
COM...
BOUAH !?
...
JE...
JE NE SAIS PAS QUI EST CETTE USHIO !!
HITOGASHIMA FESTIVAL
ZOUH

LE COEUR ROSE EST LE SYMBOLE DE L'AMOUR ! PAR LE POUVOIR DE...
ARRÊTE !
GRIP
HMM
SHINPEI...
ON DIRAIT QUE JE SUIS DÉMASQUÉE.
IDIOTE...
TU PENSAIS VRAIMENT PASSER INAPERÇUE COMME ÇA...?
SHI...
NE... NE ME DIS PAS QUE...!
SHIN-PEEEI !!!
JE VOULAIS À TOUT PRIX...
... REVOIR LE VISAGE DE TOUT LE MONDE...
DÉSOLÉE...
SHOO

TOKIKO T'A AIDÉE À T'HABILLER ?
MIO !
TON YUKATA TE VA TRÈS BIEN.
HITOGASHIMA

NON.
MIO...?
HITOGASHI

QU'EST-CE QUE TU FAIS, SHIN !!?
ÉLOIGNE-TOI VITE D'ELLE !!!
...
CE N'EST PAS USHIO...
HEIN ?
C'EST UN MONSTRE !!
...
MIO...
!!?

JE NE LA LÂCHE PLUS, MAINTENANT.
HITOGASHIMA
HITOGASHIMA
GRAP
GNH...
QUE...
CRRR
CRRR
AÏE...
CRRR
ÇA FAIT MAL !
SHIN... PEI ?

ATTENDS, MIO !!!
SHINPEI !!!
FRRRR
EXPLIQUE-TOI !!
AAHA...
ESSAYE DE RÉFLÉCHIR UN PEU EN PRENANT DU RECUL...
C'ÉTAIT ÉVIDENT QUE TU SERAIS DÉMASQUÉE.
IL N'Y AVAIT AUCUNE CHANCE POUR QUE TU PUISSES PRENDRE LA PLACE DE QUELQU'UN DONT ON A DÉJÀ CÉLÉBRÉ LES FUNÉRAILLES.
!!?
DEPUIS LE DÉBUT...
... TU N'AVAIS PAS L'INTENTION DE PRENDRE SA PLACE, PAS VRAI ?

POURQUOI TU N'ÉCOUTES PAS CE QU'ON TE DIT ?
NE ME DIS PAS...
... QUE TU N'ENTENDS PAS LA VOIX ?
QU...
QUI ?
QUI ES-TU !!?
!!!
FUYEZ, VI...

CRAC
TROP TARD !
QU...
C'EST PAS VRAi !
CE N'EST PAS...
... SHiN...
C'EST PAS POSSiBLE...
DEPUiS QUAND...?

FLASH
!!!?...
ZOUUUUUUUUN...
ZZI ZZI...
ZZI...
C'EST L'HEURE.

HA !
BROCHETTES
SOBA
HA !
HAA !
Une dizaine de minutes plus tôt.
HA !
HA !

MIO...
HAA !
HAA !
PARDON D'ÊTRE PARTI PRÉCIPITAMMENT !!
JE NE DEVRAIS PAS INQUIÉTER MIO !
HAA !
HA !
HA !
IL FAUDRA QUE JE LUI EXPLIQUE TOUT APRÈS...
FROT

PSHOU
PSHHH
SHHH
SHIN.

JE VOULAIS TE DEMANDER QUELQUE CHOSE.
TU AS UN INSTANT...?

HAA.
HAA.
HAA.
Zzip !

HII
GRAP
GNH...
KKH...
HE !
QUOI !?
JE... JE NE L'AI PAS VUE BOUGER !!

ET... CETTE FORCE !!
FLAP FLAP
FLAP
FLAP
ELLE EST PLUS FORTE QUE MIO...
NON... PLUS FORTE QUE N'IMPORTE QUEL ÊTRE HUMAIN...!!
DIS, SHIN...
IL PARAÎT...
GNH GNH
GNH
... QUE TU M'AS FILMÉE...?
!!!...
CE N'EST PAS POSSIBLE, POURTANT...
IL AURAIT FALLU QUE TU SACHES À L'AVANCE QUE J'ALLAIS VENIR...

WOUSH
SBOM
COMMENT L'AS-TU SU ?
KHOF !
KHOF !
KHOF !
GNUH !!
HAA
ELLE EST... AU COURANT...
HAA
HAA

FSHH
C'EST...
C'EST PAS VRAI !!
FSHH
FSHH
DITES-MOI QUE JE RÊVE !?
C'EST ELLE QUI A FAIT TOUT ÇA !!?
FSHH

COMBIEN DE PERSONNES A-T-ELLE TUÉES...!?
AH...
NGNH...
FEFET
FEFET
TAP
C'EST L'AUTRE QUI TE L'A DIT ?
LA TRAITRESSE ?
!?!?
HAA
HAA
HAA
LA TRAITRESSE !?

ON NE PEUT PAS LAISSER PASSER ÇA...
CE SERAIT BIEN EMBÊTANT QUE TU VIENNES NOUS GÊNER...
... ALORS QUE NOS PLANS ARRIVENT À LEUR TERME.
VÉRIFIE.
QU'EST-CE QU'IL SAIT ?
...
IL Y A DES COUPURES...
ペタ Tap
... DES RÉPÉTITIONS...
!!!
ペタ Tap
MES SOUVENIRS...
... SONT ÉTRANGES...
ペタ Tap

DIS...
ÇA FAIT COMBIEN DE FOIS QUE TU TE FAIS TUER ?

C'EST... C'EST MON...
KYUUUUUN
... OMBRE...!!
FLASH
CE TYPE !!!
IL M'A COPIÉ À L'ÉTAGE DE KOBAMART...
IL POSSÈDE MES SOUVENIRS JUSQU'À CE MOMENT-LÀ...!?
MERDE...
SES SOUVENIRS VONT ÊTRE MIS À JOUR !!

USHIO...
IL VA TOUT DÉCOUVRIR...!!
NON !
LE FAIT QU'ON S'INTÉRESSE AUX OMBRES !
LA RÉVOLUTION MÉSOPOTAMIENNE !
NON !!
POURQUOI EST-CE QU'ILS APPARAISSENT SANS SE CACHER !?
ÇA NE SERVAIT À RIEN D'ESSAYER DE RESTER EN SÉCURITÉ DANS LA FOULE.
MERDE ! CE N'EST PAS LE MOMENT DE PENSER À TOUT ÇA !!!
MERDE ! MERDE !! MERDE !!!
C'EST FINI ?
ATTENDS...
...
C'EST BON ?
FOUSH
... ON A PLUS BESOIN DU VRAI ?
JE DOIS FUIR...
NON !
SINON JE VAIS ME FAIRE
NON !!
TOUT LE MONDE VA SE FAIRE TUER !!!!

ATTENDS, JE TE DIS.
STAP
NE LE TUE PAS, MIO...
GN GN
SHIN...
... POURQUOI ?
GNIIH
GNII
ESSAYE DE PRENDRE DU RECUL...
MÊME S'IL MEURT...
... IL POURRA TOUT RECOMMENCER !
!!!

GNH GNH
TU PARLES D'UNE BOUCLE ?
TU ES SÛR DE CES SOUVENIRS !?
ON N'EST PAS DANS UN JEU VIDÉO...
IL NE CONTRÔLE PAS TOUT PAR LUI-MÊME POUR AUTANT.
MAIS...
... SI ON PART DE L'HYPOTHÈSE QU'IL ARRIVE À TOUT REVIVRE EN BOUCLE, TOUT S'EXPLIQUE.
C'EST UN PROBLÈME AUQUEL IL FAUT RÉFLÉCHIR EN QUATRE DIMENSIONS...
IL FAUT PRENDRE DU RECUL, ET SE DÉCALER D'UNE VISION EN TROIS DIMENSIONS VERS UNE VISION EN QUATRE DIMENSIONS.
MÊME SI POUR L'INSTANT, IL NE MAÎTRISE PAS TOUT...
... IL SE PEUT QU'IL Y ARRIVE DANS LE FUTUR.
HAA...
...
HAA...
HAA...
TU AS LU TROP DE LIVRES BIZARRES.
S'IL ARRIVE À REVENIR AU 22 AVEC TOUS LES SOUVENIRS DE MAINTENANT...
... IL FINIRA BIEN PAR RÉUSSIR À NOUS GÊNER À UN MOMENT OU À UN AUTRE.
C'EST POURQUOI IL NE FAUT PAS LE TUER...
... AVANT QUE TOUT NE SOIT FINI.

JE VAIS EN HAUT.
PRENDS SON PORTABLE, S'IL TE PLAIT... IL EST DANS LA POCHE ARRIÈRE GAUCHE...
ENVOIE PLUSIEURS PERSONNES EN BAS POUR ATTRAPER USHIO...
ELLE EST DANS LA REMISE, DERRIÈRE LES STANDS.
ZZI...
PROT
COMPRIS.
ZZI ZZI...
DÉPÊCHE-TOI D'Y ALLER ! TU SAIS QU'IL N'AIME PAS QU'IL Y AIT DU RETARD...
OUI.
MERDE...
AT-TENDS...
ATT...
...
C'EST VRAIMENT PITOYABLE...

AU FINAL...
... TU N'ARRIVES À PROTÉGER PERSONNE.
…!!!!
TAP
TAP
TAP
TAP
ATTENDS...
ARRÊTE !!!!
NE T'AVISE PAS DE POSER NE SERAIT-CE QU'UN DOIGT SUR MIO !!

CRAC
GNII...
HAHA !
TU AS VRAIMENT TROP LA CLASSE.
ARRÊTE, SHIN.
MAIS TU SAIS...
... C'EST TROP TARD, MAINTENANT...

DANS QUELQUES iNSTANTS...
... MÈRE VA SE RÉVEiLLER.
GNH
OUGHOUUU!!
GHU...
OUHHH!
GNNNH
ALLONS !
GNH
RESTE TRANQUiLLE !!
C'EST PAS COOL D'ÊTRE MAUVAiS PERDANT, SHiN !
GNH
GRAP
Mi... MiOOOOO !!!!
GNHH...
JE TE CASSE LA JAMBE AUSSi ?
HMPF...

ザッ
ゴッ!!
SBLAM!!

GOUH
GOUH
ZZI
ZZI...
SHLAC

BAM!
SBLAM
SHHH
...
SHHH
SHAG

* NAREZUSHI : SPÉCIALITÉ DE WAKAYAMA À BASE DE POISSON FERMENTÉ.

JE N'EN AI JAMAIS MANGÉ.
ET VOUS ?
HA...?
HEIN !?
CETTE FEMME...!!
C'EST CELLE DU BATEAU !?

SHOU
!?!?
ET... ET L'OMBRE !?
ELLE N'EST PLUS LÀ !!!
ELLE A DISPA...
...

SHOU

BLAM
SHOU
...
SHHH
HE !?
QU... QUOI !?
CETTE FAÇON DE BOUGER...
INCROYABLE...
VOUS AVEZ DES YEUX... DERRIÈRE LA TÊTE OU QUOI ?

SHLAC
CLING
PSHHHHH
ROLL ROLL ROLL ROLL...
... COMMENT ?

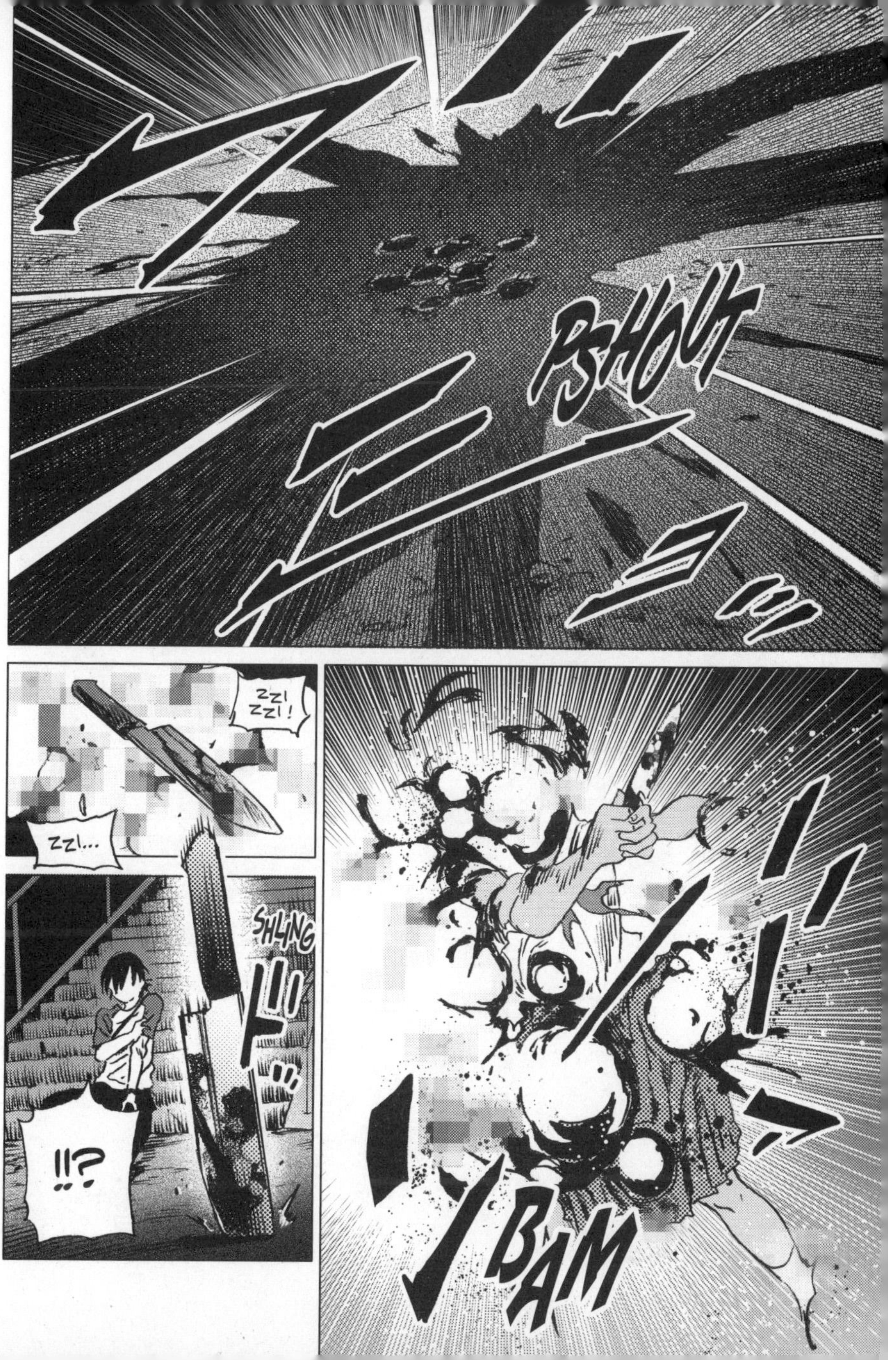
PSHOUT
BAM
ZZI! ZZI!
ZZI...
SHLING
!!?

C'EST... C'EST PAS POSSIBLE...
EST-CE QU'ELLE A RÉUSSI...
... À LA TUER...!!?
SHHHH
C'EST NOTRE PREMIÈRE RENCONTRE ...
... N'EST-CE PAS ?
HAA !
HAA...
... L'OMBRE DE MIO !!!!
HIOU !
HAA...
!?

GNOUAH !!?
J'HABITAIS L'ÎLE QUAND J'ÉTAIS ENFANT. DU COUP, JE N'AI JAMAIS EU L'OCCASION DE MANGER DE NAREZUSHIS...
CRAC
JE ME DEMANDE VRAIMENT QUEL GOÛT ÇA A...
JE VOIS...
QUI ÊTES-VOUS ?
GRIP...
GNH !!
HAA!
HAA!
AH... OUI, PARDON !

JE M'APPELLE...
... RYÛNOSUKE NAGUMO.
NAGU...
... HEIN ?
RYÛNO... SUKE...
JE SUIS VENU POUR VOUS SAUVER...
... MAIS JE SUIS EN RETARD, PARDON...
... SHINPEI AJIRO !

SHOU
PAR LÀ...
!?
FROU
CHUUUUT !
QUE...
QU'EST-CE QUE...?
C'EST UNE OMBRE.
Tap Tap Tap Tap
HE...
Tap Tap
!!

BAM !!...
USHIO !!?
FROU
ATTEN-DEZ...
TAP TAP TAP TAP TAP
...
E... EST-CE QUE...
C'EST DAN-GE-REUX, EN HAUT.
LES OM-BRES S'Y SONT RAS-SEM-BLÉES.
JE LUI AI POURTANT BIEN DIT DE NE PAS BOUGER...!!
C'EST PAS VRAI !

... VOUS ARRIVEZ À FAIRE LA DIFFÉRENCE...
... ENTRE LES OMBRES ET LES HUMAINS !?
...
LES CHOSES QUI SE DRESSENT AU-DESSUS DES OMBRES...
... NE SONT RIEN D'AUTRE QUE DES BOUTS DE VIANDE AVEC UNE FORME HUMAINE.
REGARDEZ ATTENTIVEMENT À LEURS PIEDS.
LEUR "VRAIE NATURE", C'EST L'OMBRE QUI S'ÉTEND DERRIÈRE LEUR FORME HUMAINE.
EN CONSÉQUENCE, ELLES DÉTESTENT QUE L'ON PIÉTINE LEUR OMBRE.
LORSQU'ON ESSAYE DE MARCHER DESSUS, IL N'Y A QUE L'OMBRE QUI BOUGE POUR L'ÉVITER.

...!!!
POUR LA SUITE DES EXPLICATIONS, CE SONT LES SUPPOSITIONS DE MA GRANDE SŒUR...
FROU
LES OMBRES SCANNERAIENT LES HUMAINS AVEC LA LUMIÈRE POUR PRENDRE LEURS INFORMATIONS...
ELLE PENSE QU'ELLES FONT ÇA PARCE QUE CELA CONSTITUE LEUR "REPAS".
LES OMBRES VIVRAIENT DONC DES INFORMATIONS QU'ELLES CONSOMMENT.
CEPENDANT... L'INFORMATION DU "GOÛT" NE PEUT ÊTRE OBTENUE...
... QUE PAR UNE INGESTION DIRECTE...
REGARDEZ...
CES TACHES SONT LA TRACE DES CORPS QU'ELLES ONT MANGÉS...
PAR LA FORCE DES CHOSES, MA SŒUR ET MOI SOMMES TRAQUÉS PAR LES OMBRES...
VOUS AUSSI, JE SUPPOSE...

CES TROIS DERNIERS JOURS, LES OMBRES N'ONT CESSÉ DE SE MULTIPLIER.
ON A BEAU S'EN DÉBARRAS-SER TANT ET PLUS, IMPOSSIBLE D'EN VENIR À BOUT...
ON A LE SENTIMENT QU'ELLES AGISSENT... SELON UNE VOLONTÉ SUPÉRIEURE.
C'EST COMME SI TOUTES LEURS ACTIONS VISAIENT À LA RÉUSSITE D'UN OBJECTIF BIEN PRÉCIS...
...!!
UN OBJECTIF...
DANS QUELQUES INSTANTS ...
... MÈRE VA SE RÉVEILLER...?
FLASH
...!!
SHHHH
CETTE LUMIÈRE ...

* TITRE HONORIFIQUE, EMPLOYÉ NOTAMMENT POUR LES AUTEURS.

...
SHINPEI AJIRO...
EST-CE QUE VOUS ALLEZ VRAIMENT...
... SAUVER TOUT LE MONDE...?

TOKiKO !!

... SHiNPEi ?
HAA !
HIOU !
HIOU !
TANT MIEUX...
ET...
ET LES AUTRES !?
ET MIO !!?
...

Slip !
!
JE SUIS DÉSOLÉE...
JE... JE NE VOULAIS PAS...
... QUE LES CHOSES...
... EN ARRIVENT... JUSQUE...
... LÀ...
...
... TOKIKO ?
!!!...
DON

SLURT
C'EST FINI.
SHOU
RECULEZ !
SBOF...
QU'EST-CE...
... QUE...?

SHHHH
SHOU !
SPLAF
IL EST BIENTÔT 21 HEURES.

LE FESTIVAL
EST FINI...

... ET AINSI...
... S'ACHÈVE LE DERNIER JOUR...

DANS L'ENCEINTE DU SANCTUAIRE...
... L'ATMOSPHÈRE MOITE DE LA NUIT D'ÉTÉ...
... SE CONJUGUE AVEC UNE ODEUR DE SANG SUFFOCANTE.
UN TAS DE CADAVRES...
... COMPOSÉ D'UN NOMBRE INCALCULABLE D'HABITANTS DE L'ÎLE ET DE TOURISTES, VENUS PROFITER DU FESTIVAL...
... ET EMPILÉS COMME UNE MONTAGNE...

JE NE VOUS LAISSERAI PAS TOUT GÂCHER...
DA
L'OMBRE GÉANTE QUI A TUÉ TOKIKO...
DA
... EST EN TRAIN DE RACONTER DES TRUCS...
DA
DA
...
1...
DA
3...
5...
7...
DA
9...
DA
11...

DA...
INCONSCIEMMENT, JE COMPTE LEUR NOMBRE...
C'EST TOUT CE DONT EST CAPABLE...
... MON CERVEAU ENGOURDI.
DA...
...
ET PUIS...
DA...
DA...

SÔÔOOO !!!
!
SNIF !
OUAAAAAAAAH!!
HAAAAAAAH!!!!!

... MIO...
... SAUVE...
HAA !
C'EST VRAIMENT TOUCHANT !
... TOI...
SHLAF

FAIRE REMPART DE MON CORPS...
MON AMOUR POUR MIO, C'EST VRAIMENT PAS DU CHIQUÉ !!
... N...
NON...
ET POURTANT TOI...
... DEPUIS TOUJOURS...
SHIN PAR-CI...
SHIN PAR-LÀ...
...
SÔ...

SBLAM
!!?
TOC

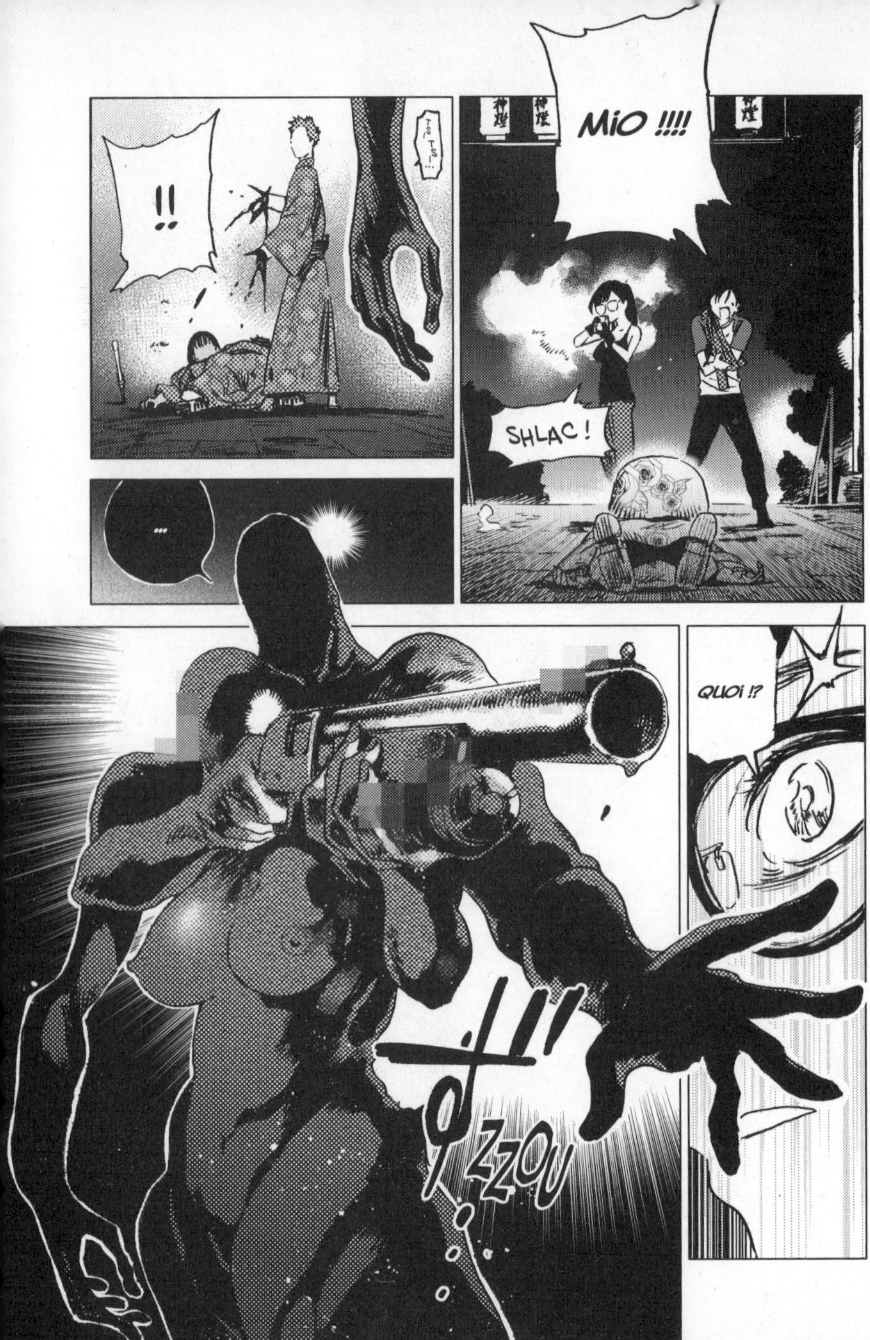
MiO !!!!
SHLAC !
TS, TS !...
!!
...
QUOi !?

BLAM!!
BLAM!!
!!

PAF
!!!
SBOF
!!!

SHHH
VOUS ÊTES DANGEREUX...
SI VOUS AVEZ RÉUSSI À VOUS INFILTRER DANS CETTE CÉRÉMONIE SACRÉE...
... C'EST QUE VOUS AVEZ RÉUSSI À BATTRE MIO, N'EST-CE PAS ?
FLIP !
KHOF
... C'EST... TOI...
... LEUR...
... LEADER...
...
QUI ES-TU...?
QUI...
QUI T'ES, ENFOIRÉ !!!

HM
HMM...
HA !
!!?
SWOOP
... TON ŒIL DROIT...
SHOU
GOUAAH !!

C'EST BIEN ÇA !
L'OEIL DE MÈRE QUI FUT PERDU PAR LE PASSÉ.
C'EST LE VRAI !? POURQUOI EST-CE TOI QUI L'AS ?
AVEC ÇA, C'EST EFFECTIVEMENT POSSIBLE...
LA RÉPLIQUE...
... DU TEMPS...!!
!!
OUH !!
LÂ... LÂCHE-MOI !!!
FLAP
ARRÊTE UN PEU...
FLAP
QU'EST-CE QU'IL Y A ?
ARRÊTE DE T'AGITER !
TU ES AVEC NOUS, TU SAIS ?
NON !!
JE SUIS HUMAINE ! JE SUIS USHIO KOFUNE !!!

IDIOTE !
LES HUMAINS, EUX...
... QUAND ON LEUR CASSE UN BRAS, IL NE SE RÉPARE PAS SUR-LE-CHAMP.
OUAH !
SBAF
GNH...
KH...

HAA...
HAA...
TUE ENCORE ET ENCORE...
POUR QUE LE BOSS FINAL PARVIENNE À BATTRE LE HÉROS, RESSUSCITE ENCORE ET ENCORE À UN POINT DE SAUVEGARDE...
QUE PENSES-TU...
... D'UN DÉMON EN DEUX DIMENSIONS, QUI AURAIT LA FACULTÉ DE VOIR LES CHOSES EN TROIS DIMENSIONS, ET AURAIT CONSCIENCE QU'IL EST DANS UN JEU ?
... NE PENSES-TU PAS QUE LA SEULE SOLUTION, C'EST D'ÉTEINDRE LA CONSOLE DE JEU ?
REGARDE.
SOIS TÉMOIN, SHINPEI...
ZZOU...
!?
ZZZOU ZZZOU
... DE L'INSTANT OÙ JE COUPE LE JEU.
ZZOU ZZOU...
!!!
NON !! LÂCHE-MOI !!!!
JE NE SUIS PAS COMME VOUS !!!!!
SHINPEI !!!!

SAUVE MIO !!
JE T'EN PRIE...
...!!!
SAUVE MIO !!!!
MGNH

... Mi...
MiO...!
SCRI
SCR
SCRI
SHi...
SHiN...
SCRI
...
AT...
... TENDS... MOi...
ZZOU
JE...
J'AR... RIVE...

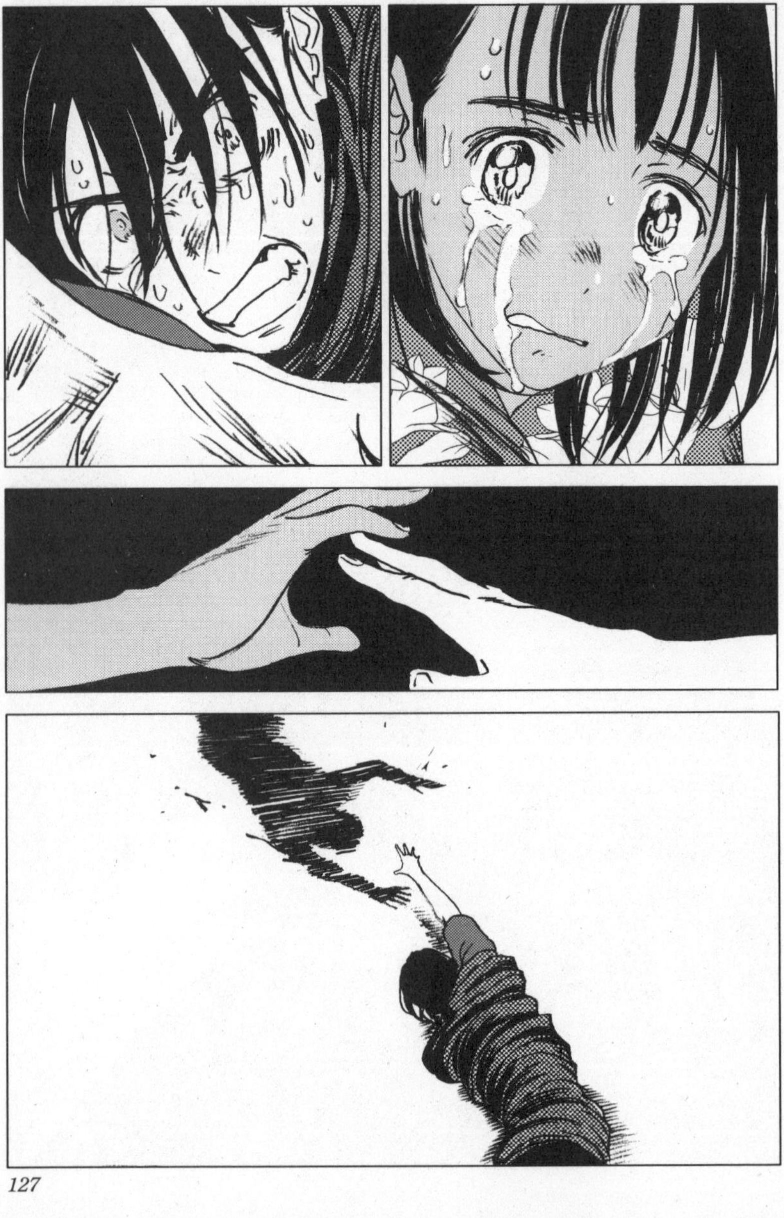

NON !!!
MIO !!!!
SLURP...
MIOOOOOO !!!!....
ZZOU
ZZOU
FLAP
FLAP
ZZOU
ZZOU
ZZOU
NOOOOOOOON !!!!....

SLURP
トロ
SLURP
ドロ
SLURP
ドロ
SLURP
ドロリ…
ZZOU
ズ
ZZOU
ズ
ZZOU
ズ
ZZOU
ズ
ZZOU
ズ
ZZOU
ズ
ZZOU
ズ

ZZOUN
NON !
C'EST PAS VRAI...
CO... COM-MENT !!?
ZZOUN
COMMENT AVEZ-VOUS OSÉ...? MIOOOOO !!!!
C'EST LE DERNIER REPAS.
ZZOU
MANGEZ...
ZZOU
ZZOU
... À SATIÉTÉ...
ZZOU

PSHOUT

...!!!!
QU'EST-CE QUE C'EST QUE CETTE OMBRE GÉANTE...?
HAA!
HAA!
KH...
EST-CE QU'ON EST "AVALÉ"... RIEN QU'EN LA TOUCHANT !?
HAA!
RYÛNOSUKE... AU FINAL, C'EST MOI...
... QUI AI LE... CERVEAU ÉMOUSSÉ...
HAA
ON DIRAIT QUE... PAR MA FAUTE...
HAA
... IL EST DÉJÀ TROP TARD...
HAA
...!?

JE VOUS EN PRIE...
... DONNEZ-MOI LES DERNIÈRES FORCES NÉCESSAIRES...
SHHHHH

... MÈRE.

ZZOU
LE FUTUR EST FAIT...
... DE NÉANT.
ZZOU
ZZOU
ZZOU
ZZOU
ZZOU
OUAH !
HITO
PSHOUT
!?

HE !!
ZZOU
QU...
ZZOU
ZZOU
ZZOU
!!?
HÉ ! REGARDEZ LÀ-BAS !!
QUOI ? QUOI ?
LÀ !!
PSHOUT
JUSTE AU-DESSUS DU SANCTUAIRE...
Brouhaha
IL Y A QUELQUE CHOSE QUI BRILLE...!!
C'EST ROUGE...
Brouhaha
Brouhaha
Brouhaha
QU'EST-CE QUE C'EST QUE ÇA...?

FIELD EXPERT
ZZOU
ズ
ZZOU
ズ
ZZOU
ズ
ZZOU
ズ
!?

APRÈS AVOIR MANGÉ UNE CENTAINE D'ÊTRES HUMAINS...
HÔPITAL HISHIGATA
... ON DIRAIT QU'ELLE S'EST RÉTABLIE...
HEINE...
REGARDE...
SLURP

L'ÎLE EST...
... ABSORBÉE PAR LES OMBRES.
ZZOU
ZZOU
ZZOU
ZZOU
ZZOU
HEINE...
SLURP !

AAH...
DÉLICIEUX...
PSHOUT...
ZZOU
ZZOU
ZZOU
ZZOU
ZZOU
ZZOU
ZZOU
C'EST MON...
... GRAND FINAL.

ZZOU
ZZOU
ZZOU
... PAR...
PARDON...
... MIO...!!
HAA
HAA
... TOUT LE MONDE...
DÉSOLÉE...
... SHINPEI...
SI SEULEMENT... J'AVAIS CRU...
... PLUS TÔT À CE MESSAGE...

IL EST TROP TARD... MAINTENANT...
KHOF!
TOUT EST...
... FINI...
GNH
GNH
ZZOU
ZZOU
ZZOU
C'EST FAUX...
!?
J'AI TOUJOURS... PLEIN DE REGRETS...
... AU SUJET DE CE QUE J'AURAIS... DÛ FAIRE... DIFFÉREMMENT...
... OU DES CHOSES... QUE JE N'AURAIS... PAS DÛ DIRE...
C'EST TOUJOURS... TOUJOURS COMME ÇA...

MAIS À CET INSTANT PRÉCIS...
... JE N'AI PAS ENCORE DE REGRETS !!
GNH !!
IL N'EST PAS...
... TROP TARD !!!
NAGUMO-SENSEI !!!
!?

TIREZ SUR MOI !!
TUEZ-MOI, S'IL VOUS PLAIT !!!
JE SUIS DÉJÀ MORT PLUSIEURS FOIS...
... ET À CHAQUE FOIS J'AI RECOMMENCE !!
TIREZ !!!!!
HÉHÉ...
VISEZ LA TÊTE !!
TU NE DIS VRAIMENT...
... QUE DES TRUCS BIZARRES, TU SAIS...
HAA
HAA

JE PEUX RETOURNER...
... À LA DATE DU 22 !!!!
ÇA NE SERT À RIEN...
HAA...
HAA...
HAA...
ZZOU
ZZOU
ZZOU
J'TE JURE...
C'EST MA DERNIÈRE BALLE...
HAA...
HAA...
CROYEZ-MOI, S'IL VOUS PLAIT.
SENSEI !!!!!
TOI AUSSI, DISPARAIS, AVALÉE PAR LES OMBRES.

HITOGASHIMA
ESPÈCE DE...
PAF
... CRETIN !!!!

SI TU ARRIVES VRAIMENT...
... À RETOURNER DANS LE TEMPS...
... QUAND TU ME VERRAS...
... DIS-MOI TON NOM.
JE TE SAUVERAI, QUOI QU'IL ARRIVE.

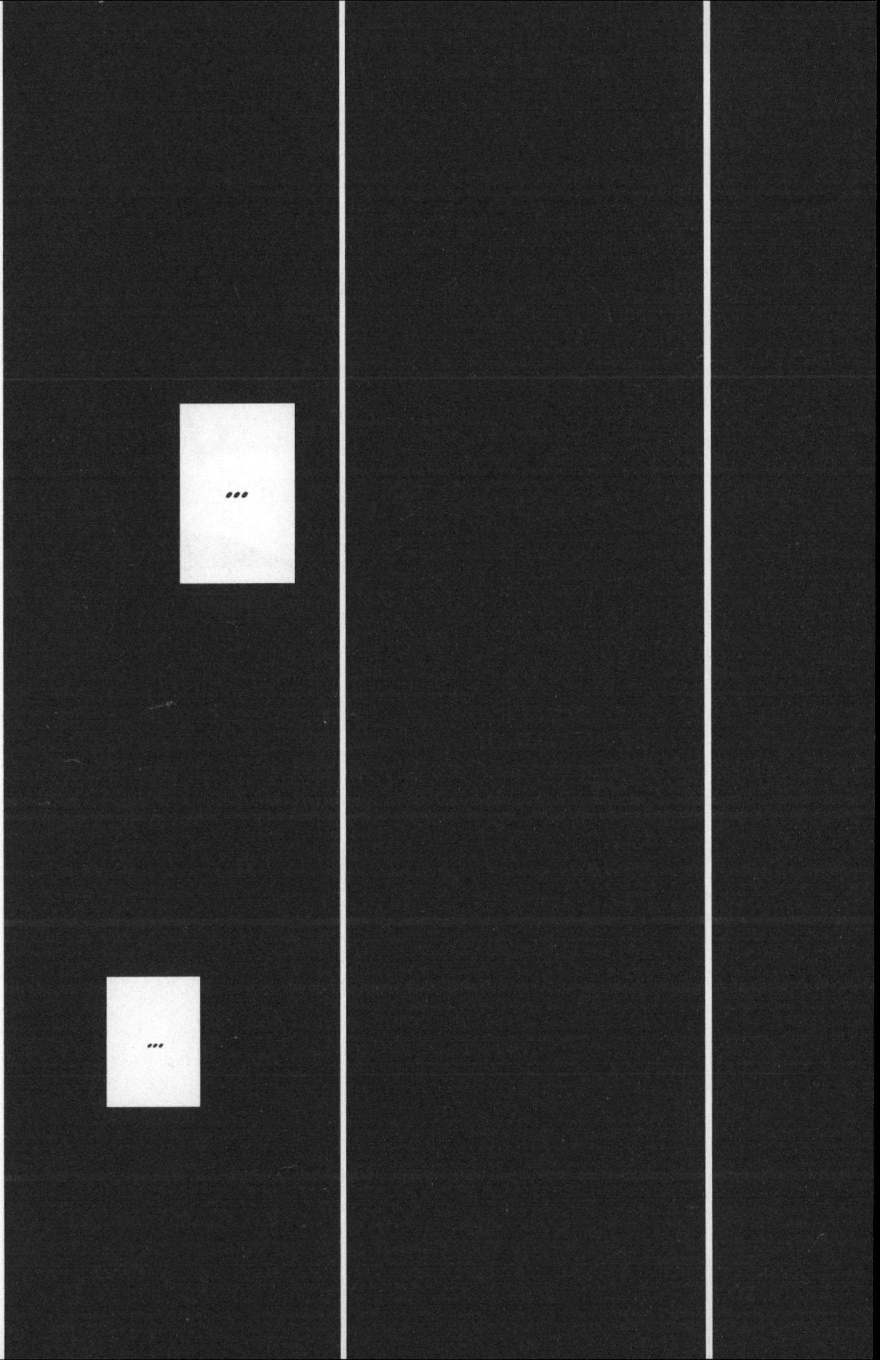

IL FAIT TOUT NOIR...

PERSONNE...
ZZOU
ZZOU
ZZOU
ZZOU
GRANIT
FRAN
CHE AUX BALLONS
SAUCE
Granité
Fraise
Citron
Bleu Hawaï
Pêche
Pêche aux ballons
Enfants 200 yens
Adultes 300 yens
Sauce Senbei
Sauce Senbei
IL N'Y A PERSONNE...
TOUS DISPARUS...

* RESTAURANT KOFUNE.

ZZOU
ZZOU
ZZOU
PSHOUT
ZZOU
ZZOU
!
VÔÔ
L'ÎLE ENTIÈRE...!!
SHHHHH

... QU'EST-CE QUE C'EST...?
CETTE LUMIÈRE ROUGE...
UNE FILLE !?
!?

À L'INSTANT...
NOS YEUX
SE SONT
CROI...

SHiNPEi...
USHiO !!?
C'EST TOi, USHiO !?
FAiS ATTENTION...
TES POUVOiRS...
... ONT UNE LiMiTE...

LE FESTIVAL D'ÉTÉ TERMINE...
... TOUT LE MONDE VA MOURIR...
CE... CETTE FOIS JE T'ENTENDS BIEN !!
USHIO !!!
OÙ ES-TU !!?
SHHHHH
SHINPEI, TU ES LE SEUL À POUVOIR LES ARRÊTER.
!
PRENDS BIEN SOIN...

... DE MIO, SURTOUT...
C'EST COMMENT, TOKYO ?

CRICRI
CRICRI
CRICRI
CRICRI
CRICRI
TU ES ALLÉ À SHIBUYA ? SHIBUYA !!
CRIII
CRIII
CRICRI
CRICRI
HAA !
HAA !
HAA !
CRICRI
22 juillet
... SHIN ?
CRICRI
CRICRI

HMPF...
HMPF...
CRI!!
CRICRI
JE SUIS... REVENU...
QU'EST-CE QU'IL T'ARRIVE...?
CRI!!
CRICRI
CRICRI
CRICRI
URP !
BEUAAARGH !
SPLOTCH
SPLATCH
!!
SHI...
SHIN !?
GA...
HAA
HAA
GAGNÉ...!!

TU AS PRIS FROID EN TOMBANT À L'EAU !?
TU T'ES COGNÉ QUELQUE PART !?
MIO...!!
ELLE EST EN VIE...!!!!
GRAP !
!?
... SHI...
HAA!
SHIN...?
HAA!
TANT MIEUX...!!
DIS... DIS DONC...
T'ES SÛR QUE ÇA VA...?
SNIF
C'EST JUSTE LE MAL DE MER À CAUSE DU FERRY...
...!?
ATTENDS UN PEU...

... AH !
JE VOIS...
JE SUIS TOMBÉ DANS L'EAU EN ESSAYANT D'ARRÊTER LE VÉLO DE MIO, DONT LES FREINS SONT CASSÉS.
ET C'EST MIO QUI A DÛ VENIR ME SAUVER, À L'INVERSE...
CRICRI
MES VÊTEMENTS...
... ILS SONT MOUILLÉS...
TU ES TOUT PÂLE...
TU VAS TE REPOSER UN PEU, APRÈS QU'ON SE SERA CHANGÉS À LA MAISON !
CRICRI
HEUREUSEMENT, LES PORTABLES N'ONT RIEN...
... MAIS ON NE PEUT PAS SE PRÉSENTER AUX FUNÉRAILLES TREMPÉS COMME ÇA !
CRICRI
CRICRI
CRICRI
MOI AUSSI JE VEUX PRENDRE UNE DOUCHE.
JE VAIS PRÉVENIR PAPA QU'ON VA ÊTRE EN RETARD !
...
"TES POUVOIRS ONT UNE LIMITE."
HMPF
HMPF
OUI...
LE MESSAGE D'USHIO...!!
O.K...
JE DOIS PRENDRE DU RECUL !
SUR TOUT CE QU'IL S'EST PASSÉ JUSQU'ICI !!
CRICRI
CRICRI
CRICRI
洋食
洋食

...
...
... BONG ?
HAA !
HAA !
HAA !
HAA !
HAA !
LA PREMIÈRE FOIS, J'ÉTAIS SUR LE FERRY.
LA DEUXIÈME FOIS, JE SUIS REVENU JUSTE APRÈS LE DÉBARQUEMENT.
ET CETTE FOIS... LA TROISIÈME FOIS, APRÈS AVOIR ÉTÉ REJOINT PAR MIO...
CRICRI
CRICRI
TU ES ALLÉ À SHIBUYA ? SHIBUYA !!
L'INSTANT À PARTIR DUQUEL LES BOUCLES TEMPORELLES SONT RÉINITIALISÉES...
... RECULE PETIT À PETIT...
CRICRI
CRICRI
CRICRI
CRICRI
APPAREMMENT, CE QU'IL SE PASSE AVANT QUE JE NE REVIENNE...
... DEVIENT UNE "VÉRITÉ" À LAQUELLE ON NE PEUT PLUS RIEN CHANGER.
AUTREMENT DIT, LE FAIT QUE JE TOMBE À L'EAU EST DÉSORMAIS...
... INÉLUCTABLE.
L'Homme du marais
Ryûnosuke Nagumo
Retour
Ryûnosuke Nagumo
l'île à pois
Ryûnosuke Nagumo
Shadow
Ryûnosuke Nagumo
...
LA PROCHAINE FOIS QUE JE FERAI UNE BOUCLE, EN TOUTE LOGIQUE...
... JE DEVRAIS REVENIR ENCORE PLUS TARD QUE CETTE FOIS-CI.

JE NE PEUX PAS ME PERMETTRE D'ÉCHOUER UN NOMBRE INCALCULABLE DE FOIS...
SI MON POINT DE RETOUR VENAIT À SE SITUER APRÈS LA MORT DE MIO ET DES AUTRES...
... CELA SIGNIFIERAIT QUE JE NE POURRAIS PLUS RIEN FAIRE POUR LES SAUVER...!!
SHOU...
TROIS JOURS...
PLUS QUE TROIS JOURS...
... AVANT LE FESTIVAL D'ÉTÉ...!!
EST-CE QUE C'EST UN PROBLÈME QUI PEUT ÊTRE RÉSOLU EN SEULEMENT TROIS JOURS !?
... ARRÊ-TE !!
QU'EST-CE QUE TU RACONTES !!?
SHOU-
SHINPEI, TU ES LE SEUL À POUVOIR LES ARRÊTER...
C'EST À MOI DE M'EN OCCUPER...!!

SHHHHHH
SHHHH
HMM !
FSHHH

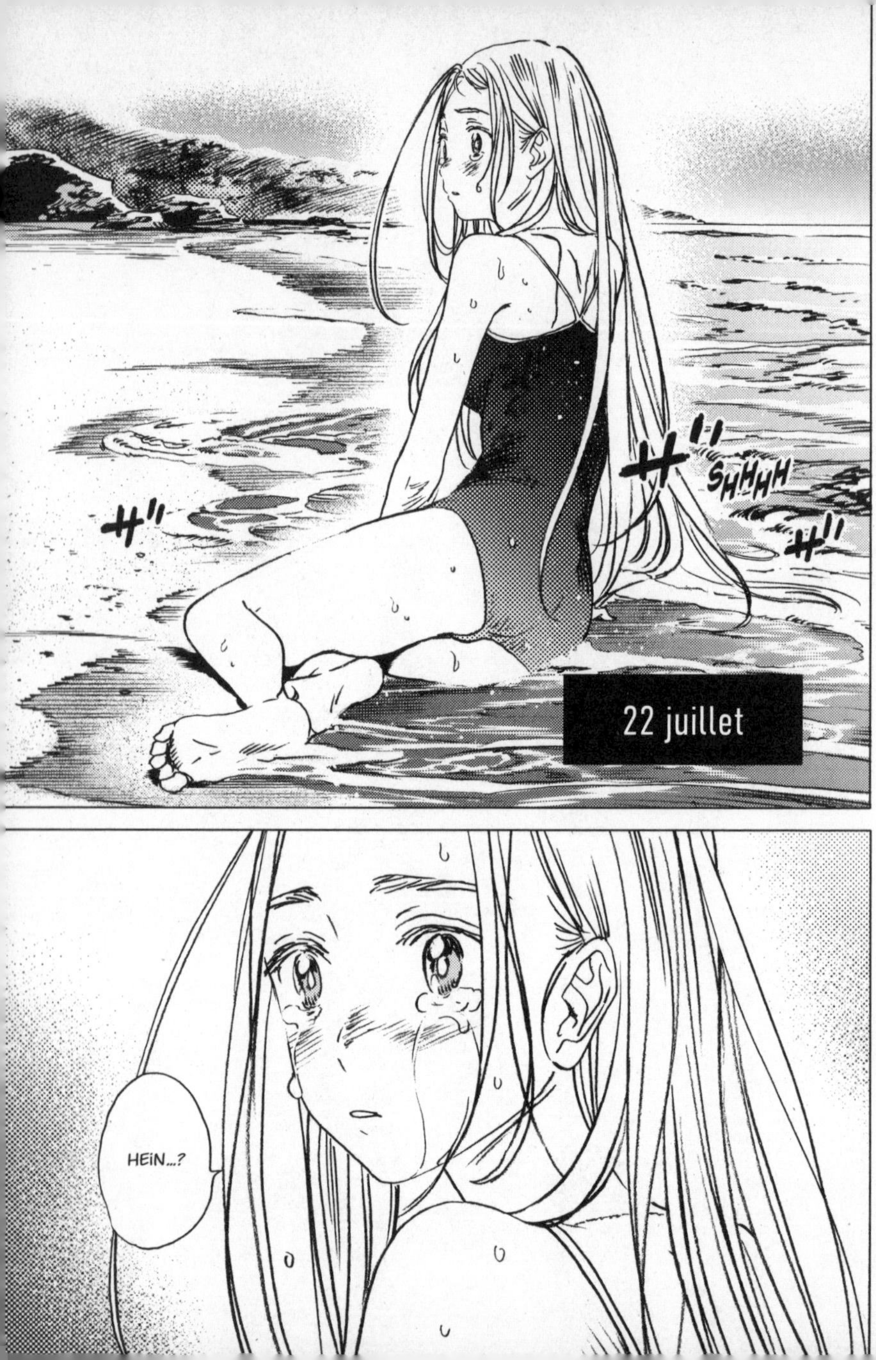
SHHHH
22 juillet
HEIN...?

PIÈCE N° 003

Affiche du 61e Grand Festival d'été de Hito

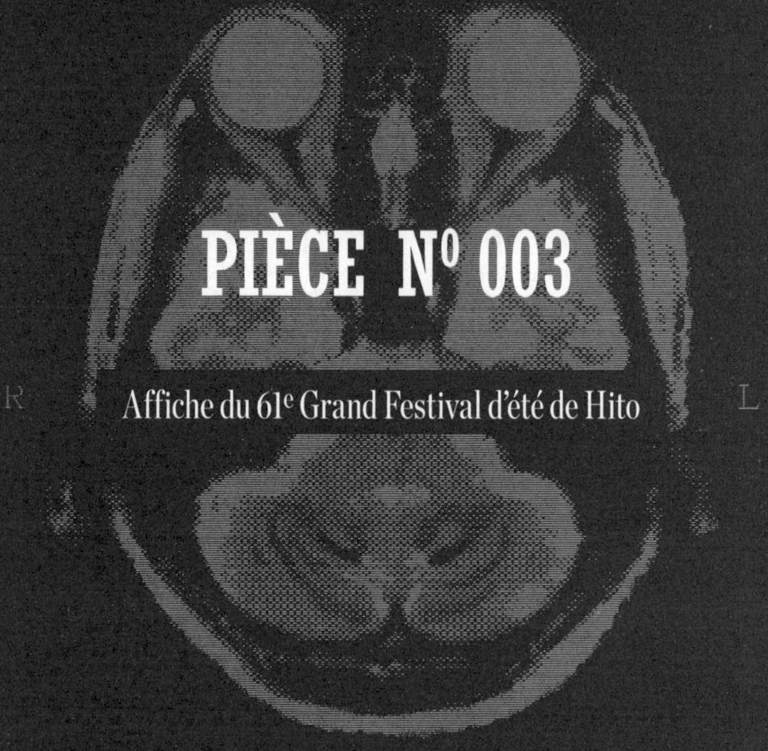

Dans cette section sont présentés des indices
qui accompagnent la lecture de l'histoire.

61e
GRAND FESTIVAL D'ETE
DE HITO
MARDI 24 JUILLET 2018
Petits et grands, participons tous à la fête d'été de Hitogashi
STANDS
Takoyaki-Yakisoba
Pêche aux ballons
Granité - Barbe à papa - Glace à la crème
Bière pression
Et bien d'autres encore !
PROCESSION 17 H 00
FEU D'ARTIFICE 20 H 00
CÉRÉMONIE DU RETOUR 20 H 30
Parrainages
Ville de Wakayama
Chambre de commerce de Hitogashima
SANCTUAIRE HITO
1 CHÔME, HITO-MACHI, WAKAYAMA-SHI
Tél. : 073-4

61e
GRAND FESTIVAL D'ÉTÉ
DE HITO
MARDI 24 JUILLET 2018
Petits et grands, participons tous à la fête d'été de Hitogashima !
STANDS
Takoyaki-Yakisoba
Pêche aux ballons
Granité - Barbe à papa - Glace à la crème
Bière pression
Et bien d'autres encore !
PROCESSION 17 H 00
FEU D'ARTIFICE 20 H 00
CÉRÉMONIE DU RETOUR 20 H 30
Parrainages
Ville de Wakayama
Chambre de commerce de Hitogashima
SANCTUAIRE HITO
1 CHÔME, HITO-MACHI, WAKAYAMA-SHI
Tél. : 073-4

PIÈCE N° 004

Notes de Shinpei Ajiro

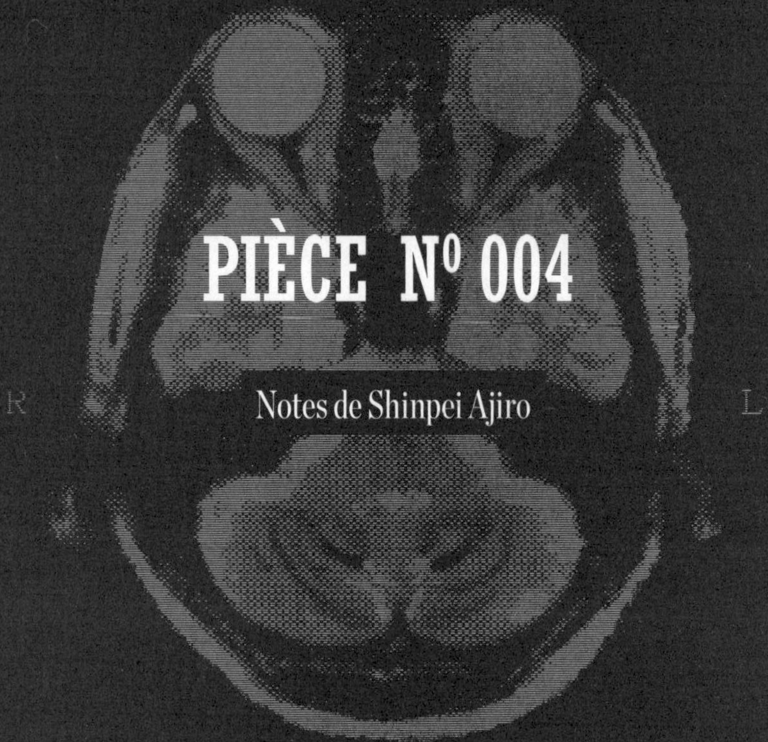

Ces notes ont été écrites par Shinpei Ajiro, le matin
du 22 juillet de la 4e boucle, entre 11 h 40 et midi.
À lire à la verticale.

1re boucle

21/07. Le soir, Alain m'informe qu'Ushio est morte.
Trop tard pour la veillée.

22/07 (dim.)

6:00 → Shinkansen à partir de Shinagawa

8:16 (Train express Kurushio) → Arrivée à Shin-Osaka

10:05 (Ligne Nankai Kada) → Arrivée à Wakayama

10:49 → Arrivée à Kada

11:00~11:20 (Montée sur le ferry)
- Incident gênant avec la femme assise devant moi.
Et dire que c'était Nagumo-sensei !
* Retrouver dès que possible, expliquer la situation.
* Similitudes avec "L'Homme du marais".

11:20
- Arrivée à Hitogashima. Mio tombe à l'eau.
- Pas de blessure, je lui prête ma serviette.
- Elle se moque de mon accent. À ce point-là ?

11:35
- Passage par la maison. Mio se lave, je me change.
- Discussion sur tout et sur rien, en marchant jusqu'au funérarium.

12:20 passé
- Arrivée au funérarium.
- Retrouvailles avec Alain.

- Funérailles
- Flash
* Je suis copié par SHIORI.
- Retrouvailles avec Sô. Discussion autour de Shiori Kobayakawa.

13:00
- Levée du cercueil. Transfert vers le crématorium, dans la montagne.
- Discussion avec Karikiri
* À vérifier

13:30 ~ 16:30
- Crémation.
- Récupération de l'urne.
- Repas, etc.

17:00
Dispersion.

17:40
- Retour à la maison avec Mio.

18:30
Préparation du curry.
Avec poivrons

19:45 ~ 20:45
- Retour d'Alain
- Dîner à 3
- Rangement, etc.

21:00
- Apparition probable de MIO devant la maison. Assassine sûrement Totsumura, en cours de patrouille.
- La vraie Mio est en train de prendre son bain.

21:04
- Appel de Sô. Évoque les traces de griffures sur le cou d'Ushio.
Meurtre ??
* Pourquoi Ushio a-t-elle été tuée ?

21:30
- Mio me donne le collier d'Ushio.

→ Impossible de dormir jusqu'au petit matin.

Date No.

/

1re boucle

23/07 (lun.)

17:30 → **9:00~** → **13:30** → **14:00** → **14:30**

17:30
- Réveillé par Mio.
- Ouverture restaurant Kofune.
- Je me change.
- Petit déjeuner seul (restes de curry et pain).

9:00~
- Pendant les vacances, Mio aide au restaurant. Moi aussi.
- Nakamura évoque une femme aux gros seins que j'aurais cherchée.

Nagumo-sensei cherchée par mon ombre ? Traquée par les ombres.

13:30
Totsumura vient déjeuner au restaurant. Parle de la disparition de la famille Kobayakawa. Mio s'enfuit vers KobaMart, je la suis.

14:00
- Discussion avec Mio devant KobaMart. Parle des ombres.

Ombre de Shiori = SHIORI
Ombre d'Ushio = USHIO

- Abordés par un vieux avec un bandeau à l'œil. ⇒ Qui ?

* D'après l'allure, pêcheur ? Connaît les ombres. Maladie des ombres. Maladie endémique ?

14:30
- Nous allons au Hiruko-sama avec Mio.

Avec le recul, nous n'aurions pas dû.

- Absence de Karikiri
- Mio aperçoit quelqu'un qui ressemble à Shiori.
- Poursuite dans la forêt. Recherche pendant 30 min. environ.

→ vers 15:00 **V~~…~~:30**

- SHIORI est introuvable.
- Découverte de Nagumo-sensei, blessée.

* Blessée par qui ?

- Nagumo essaye de me dire quelque chose. Abattue par MIO.

→ Inaudible, pas de sens.

"Elle — Va…"

"Elle" → Qui est-ce ? Celle qui a blessé Nagumo-sensei ? SHIORI ? MIO ?

"Va…" → Essaye d'informer du danger ? En sait plus sur les ombres ?

→ Mio tuée ensuite par MIO. Je suis également tué.

* Quand est-ce que Mio a été copiée, au départ ?

⇒ Fin de la première boucle.

Vers 2e boucle.

Pistolet — Celui de Totsumura ?

* Armes copiées utilisables ?

No.

Date

2e boucle

22/07 (dim.)

11:18 →
- Réveil sur le ferry.
- À nouveau incident gênant avec Nagumo-sensei.
- Terrible migraine.

11:20 → Jusqu'au retour à la maison, similaire à la première boucle.
- Arrivée à Hitogashima.
- Mio tombe à l'eau.

* Freins cassés.
Par les ombres ?

18:30
Préparatifs pour le curry.

19:45 ~ 21:60 →
- Retour d'Alain à la maison.
- Je me sens mal pendant le dîner, je sors prendre l'air.
- Marche sur le bord de mer pendant une petite heure.

21:00 →
- Je vois MIO assassiner Totsumura à coups de couteau.

Les ombres semblent d'abord lire les informations sur les humains en les flashant (lumière). → Repas ? Nutriments ?

- Apparence, vêtements, souvenirs, personnalité.

* Constaté avec ma propre ombre : tout est copié, y compris empreintes et ADN.

- MIO donne naissance à l'ombre de Totsumura. L'original disparaît dès qu'il est touché par TOTSUMURA l'ombre. Ne reste qu'une tache noire.

21:04
Appel de Sô.
Repéré à cause du téléphone, tué par MIO.

⇒ Fin de la deuxième boucle.

Vers 3e boucle.

* Ombres qui remplacent les gens. → Quelque chose de bizarre. Qu'est-ce que c'est ?

Pistolet copié utilisable ?

Date
No. 3

3e boucle

22/07 (dim.)

Vers 11:25

- Réveil après l'arrivée à Hitogashima, et non sur le ferry.
- Tentative de stopper le vélo de Mio, c'est moi qui tombe à la mer. Mio est obligée de venir me sauver. La honte…

Pendant les funérailles, quasi identique aux fois précédentes.

Différences :

1. Au courant de la disparition prochaine des Kobayakawa, je les aborde. Discussion avec SHIORI et ses parents. Je reste près d'eux pendant toute la cérémonie. Les parents m'expriment leurs condoléances.
2. Je parle des ombres à SHIORI.
3. Pas de flash.

* À cause de 1 et 2, SHIORI s'est méfiée de moi ? SHIORI n'a pas eu l'occasion de me copier ? Ou a reçu l'ordre de ne pas le faire ?
* À la base, pourquoi ai-je été copié ? Se sont renseignés sur moi ?

Dois-je me rendre aux funérailles ??

18 : 22

- Je préviens Sô que c'est moi qui le contacterai le lendemain. Discussion sur les causes de la mort d'Ushio reportée.

18 : 30

Curry.

20 : 10

Au poste de police.

Appel mensonger à Totsumura pendant le dîner.

Portable non joignable (éteint pendant le travail ?).

* Attention : Totsumura injoignable pendant patrouille.

Durée de patrouille inconnue : contacter tôt.
Pas trop tôt non plus.

20 : 45

- Après le repas, préparatifs pour filmer MIO en cachette.
- Début de l'enregistrement.

21 : 00

- Disputé par Mio pour l'avoir surprise dans la salle de bains.
- Mio ne vient pas me donner le collier d'Ushio.

22:00 ~ 23:00

- Bain.
- Lecture de la suite de "L'Homme du marais".
- Jusqu'au matin.

3e boucle

23/07 (lun.)

6:30
- Réveil.
- Vérification de l'enregistrement de MIO. Parfaitement visible.

6:45
- Je montre à Mio le film avec son ombre.
- Discussion sur les ombres.

8:10
- Après le petit déjeuner, je me rends seul à KobaMart.
- Comme prévu, le magasin est fermé.
- Rencontre de Shiomi.

8:15
- Entrée dans la maison des Kobayakawa avec Shiomi.
- Dans le living, découverte de taches noires avec les formes de deux personnes.

* Parents de Shiori ? Attaqués pendant le dîner du 22 ? Traces de lutte.

8:20
- SHIORI apparaît au 2e étage des Kobayakawa. Flash : je suis copié.
- Sauvé de justesse grâce à Shiomi.

8:30 ~ 13:30
- Recherche de Nagumo-sensei. Renseignements auprès de toutes les auberges de l'île, impossible à localiser.
- Arrivée de Totsumura au restaurant à peu près en même temps que moi.

13:45
- Totsumura évoque la disparition des Kobayakawa.

* Les ombres remplacent normalement les humains sans se faire repérer : pourquoi la famille Kobayakawa a-t-elle disparu ?
SHIORI et les ombres de ses parents auraient dû pouvoir se fondre dans la masse sans problème.
- Incident grave pour les ombres ??

- Totsumura me remet le portable d'Ushio.

* Code inconnu, impossible à déverrouiller. Selon Mio, date d'anniversaire d'Ushio, mais ne fonctionne pas… Ushio a dû changer son code intentionnellement.

13:55
- Arrivée de Sô au restaurant.
- Mio, Sô et moi allons à la piscine de l'école primaire (personne pour nous écouter).

14:10 ~ 16:00
- Partage des infos sur les ombres. Sô a toujours des avis constructifs.

* Qu'est-ce que Sô a vérifié, au final ?

- Révolution mésopotamienne.
- À partir de 16 h 00, averse.

* Prendre un parapluie.

- Mio me donne le collier d'Ushio.

16:40

Retour à la maison.

[redacted]

Bain avant le dîner.
Dîner : sômen.

23:00

Coucher.

Date No.

3e boucle

24/07 (mar.)

7:00 → **8:00** → **14:00** → **vers 15:30 ?** → **17:00**

7:00
- Réveil.
- Petit déjeuner (sandwich aux œufs).

8:00
- Travail au restaurant avec Mio.

14:00
- Fin du service.
- Réflexion sur les événements.
- Relecture de plusieurs romans de Nagumo-sensei.
- Interdiction à Mio de sortir seule.

vers 15:30 ?
- Tokiko vient à la maison. Aide Mio à mettre son yukata.

17:00
- Sô et les autres viennent dans ma chambre.
- Départ pour le festival avec Mio, Sô et Tokiko.

- Départ de la plage d'Omoto vers l'enceinte du sanctuaire. Nous assistons à la procession.
- Tour des stands en attendant le feu d'artifice. Mio mange une pomme d'amour.

→ **19:50** → **20:00** → **20:30** → **20:45** → **21:00** → Fin de la 3e boucle.

19:50
- J'aperçois une personne qui ressemble à Ushio dans la foule, je la poursuis.

Je pense qu'elle était en yukata, et pas en maillot de bain.

- Je la perds de vue, j'arrive jusqu'à la plage d'Omoto.

20:00
- Je trouve USHIO, alors que le feu d'artifice commence.
- USHIO part toute seule vers les stands, je la rattrape et l'arrête.

* USHIO n'a pas conscience d'être une ombre. A l'air de croire qu'elle est la vraie Ushio.

20:30
- Appel de Mio, USHIO décroche. Intenable…
- Je cache USHIO et je cours vers l'enceinte du sanctuaire.

20:45
- Rencontre avec MIO sur les marches menant au sanctuaire.
- Mon ombre arrive.

- Nagumo-sensei tue MIO avec un fusil.

* Nagumo-sensei a l'air différente de lors de nos rencontres sur le ferry. Juste une impression ?

Pour différencier ombres et humains : marcher sur l'ombre.

- Nous voyons USHIO courir vers l'enceinte.

21:00
- Nous montons vers l'enceinte avec Nagumo-sensei.

Tokiko est tuée. Sô essaye de protéger Mio mais ils sont également tués tous les deux.

Fin de la 3e boucle.

Vers 4e boucle.

Message d'Ushio : tout le monde va mourir pendant le festival.

Que se passe-t-il sur l'île ? Le seul à pouvoir les arrêter, c'est moi.

6.

PIÈCE Nº 005

4 photographies

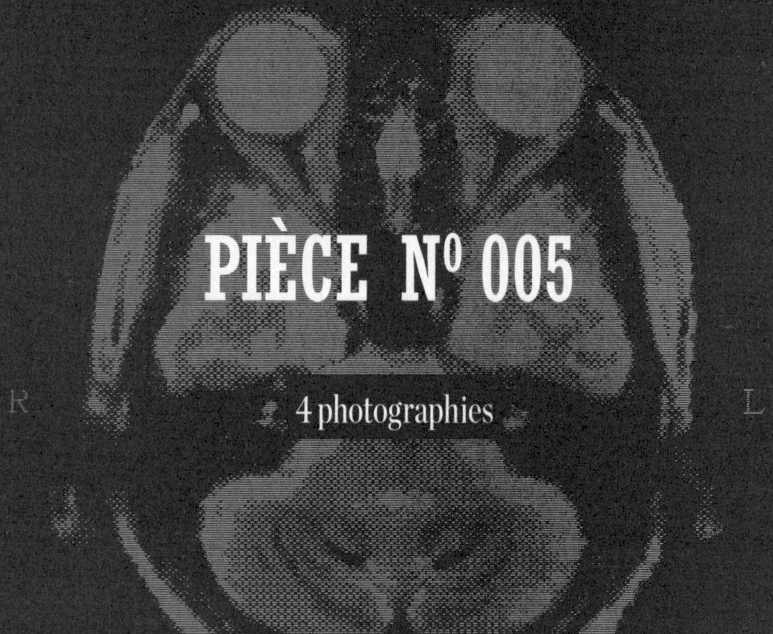

1994 : Tôru et Akemi Ajiro emménagent à Hitogashima.
(Akemi Ajiro et Kotoko Kofune sont amies depuis l'université.)

2000 : Naissance de Shinpei.

2008 : Décès de Tôru et Akemi, dans un accident.

2016 : Départ pour Tokyo, après le collège.
Fréquente une école de cuisine, qui donne accès au diplôme du lycée.

SHINPEI AJIRO (18)

Date d'anniversaire : 8 mai
Groupe sanguin : O
Aliments préférés : tebasaki, poivrons, Green Soft

1,71 m / 58 kg

- Grâce à l'influence de son père, grand lecteur, Shinpei aime les livres depuis l'enfance, en particulier les romans policiers et la science-fiction. Auteur préféré : Ryûnosuke Nagumo.
- Découvre la cuisine grâce à Alain. La présence des proches (Ushio et Mio) qui ont mangé avec plaisir ce qu'il avait préparé fut également déterminante.
- Lorsqu'il panique, a tendance à faire naître un autre lui-même dans sa tête, et à prendre du recul pour considérer sa situation de façon objective.
- Sa capacité à réfléchir de façon détachée s'est développée avec l'habitude de penser l'ordre de fabrication des plats à l'avance, et avec son goût pour les romans policiers.
- Était amoureux d'Ushio Kofune.
- N'aime pas l'eau, ne sait pas nager.

En 1991, Kotoko Kofune, originaire de Hitogashima et alors âgée de 20 ans, fait la rencontre d'Alain (32 ans) pendant son échange universitaire en France.

Kotoko retourne dans l'île avec Alain en 1994.

Ils se marient la même année, et ouvrent le "Restaurant Kofune".

En 2000, naissance d'Ushio Kofune.

En 2002, naissance de Mio. Kotoko décède des suites de l'accouchement.

MIO KOFUNE (15)

Date d'anniversaire : 20 octobre
Groupe sanguin : A
Aliments préférés :
okonomiyaki, pommes d'amour, boissons à base de lait fermenté

1,57 m / 51 kg

- Sœur d'Ushio.
- Cheveux noirs, comme sa mère. Bronzée, elle est le portrait craché de Kotoko au même âge.
- En 1re année dans le même lycée que sa sœur. Douée en sport, appartient au club de natation de l'école.
- Aime manger, mais n'aime pas les couteaux et n'est pas douée pour la cuisine.
- Pense que sa grande sœur Ushio est la plus belle femme au monde. Persuadée d'être tout le contraire de sa sœur.

USHIO KOFUNE (17)

Date d'anniversaire : [illegible]
Groupe sanguin : A
Aliments préférés :
curry de Shinpei, takoyaki, pêches

1,62 m / 53 kg

En tant qu'Ushio (l'humaine)

- En 3e année au lycée préfectoral situé à Wakayama.
- Ressemble à son père français, a les cheveux blonds. Harcelée à l'école primaire pour son allure différente.
- Aime les festivals, se faisait une grande joie de participer au festival d'été de Hitogashima.

En tant qu'*Ushio* (l'ombre)

- Est persuadée qu'elle n'est pas une ombre, mais la vraie Ushio Kofune.
- Ses sentiments pour Shinpei sont la seule chose dont elle se souvient clairement au moment de sa mort.

SÔ HISHIGATA (17)
Date d'anniversaire : 20 novembre
Groupe sanguin : O
Aliments préférés :
tonkatsu, râmens, cola
1,78 m / 65 kg
• Ami avec Shinpei depuis l'enfance, seul ami vraiment proche.
• Aîné du docteur responsable de l'unique hôpital de l'île, l'"Hôpital Hishigata".
• En 3e année dans le même lycée que les autres, prépare les examens d'entrée pour faire médecine.
• Animé par un fort sentiment de justice, ne se pardonne pas de ne pas avoir pu sauver Ushio.
• N'apprécie pas son père.
TOKIKO HISHIGATA (16)
Date d'anniversaire : 25 juin
Groupe sanguin : O
Aliments préférés :
pralines, fleurs de violettes au sucre, boudin noir
1,50 m / 46 kg
• Petite sœur de Sô.
• S'entend bien avec Mio, son amie d'enfance. Sont actuellement dans la même classe.
• Est capable de s'habiller en kimono sans aide extérieure.
• Brillante, elle a les meilleures notes de sa promotion, mais n'est pas douée pour le sport. Déteste en particulier la course de fond.

RYÛNOSUKE NAGUMO (âge inconnu)

Date d'anniversaire : inconnue
Groupe sanguin : inconnu
Aliments préférés :
bière, café, fromage bleu

1,72 m / 60 kg

- Femme aux gros seins.
- "Ryûnosuke Nagumo" est son nom de plume. Pour son profil en tant qu'auteure, voir Pièce n° 002.
- Très myope, ne voit quasiment rien sans ses lunettes.
- Enregistre régulièrement sa voix sur son téléphone.

POSTFACE

Merci d'avoir acheté la suite de ce manga ! Pour dessiner ce manga, je me suis inspiré de l'île de Tomogashima, dans la préfecture de Wakayama. Mais en réalité, c'est une île inhabitée.
Comme personne n'y vit, contrairement à Hitogashima, il n'y a donc pas de maisons ni d'école sur l'île.
Parc national de la mer interieure de Seto
TOMOGASHIMA
Pour les détails des maisons et pour l'ambiance, je me suis donc basé sur la ville de Kada.
Gare de Kada
Point de départ du ferry pour se rendre sur Tomogashima !
Mais ! Kada n'est pas une île... et j'avais envie d'une ambiance plus insulaire !!
Donc !!
J'ai également pris comme modèle l'île d'Ogijima.
Elle se dresse également dans la mer intérieure de Seto, mais appartient à la préfecture de Kagawa. Je m'y suis rendu en voyage il y a environ 4 ans.

L'île est petite : avec une superficie de 1,34 km² et une population de 164 personnes (au mois d'avril 2018), elle ne représente qu'environ un quart de l'île fictive de Hitogashima.
Cependant, je m'en suis inspiré pour les chemins en pente, la montagne en arrière-fond, l'assemblement des maisons, ou encore le port où débarque Shinpei... Lorsque je dessine ce manga, je me remémore particulièrement l'atmosphère qui se dégageait de cette île lors de ma visite.
Les poissons étaient très bons...
Le bord de la piscine où Shinpei, Sô et Mio se rassemblent pour discuter est en tout point semblable à celui de la piscine de l'école primaire d'Ogijima.
Pour dessiner cette scène, j'ai reçu des photos de la part de M. Yamato Fukui, membre du Bureau d'étude des mœurs d'Ogijima, association à but non lucratif. Je le remercie pour son aide.
Je promets de retourner m'amuser sur l'île d'Ogijima !!
M. Yamato Fukui, un ami de 15 ans.
Les températures commencent à augmenter, on se rapproche de juillet et de la période où se déroule l'histoire.
Je continue pour ma part mes efforts pour que ce manga devienne de plus en plus intéressant !
J'espère vous revoir pour le troisième tome !!
Je me demande si je vais pouvoir rentrer à Wakayama cet été...?
16/04/2018 Yasuki TANAKA